사람의 가을

사람의 가을

김성옥 시집

민음사

詩와의 거래는 늘 타산이 맞지 않았다.
世事의 계산법으로는 적자를 면치 못한다.

詩에 거는 넘치는 기대로 인해
늘 손 시리고 갈증 난다.

농부의 농사가
햇빛과 비바람에서 자유로울 수 없듯이
나도 詩에서 자유로울 수 없는가

언젠가 지혜로운 농부를 배워
詩에서 자유를 찾을 수 있을 때
詩로부터 자유로워질 때
詩와의 거래도 아름답고
내 詩의 길 또한 열릴 것이다.

마음은 머리가 모르는 눈을 가지고 있다.

2003년 2월

김성옥

차례

차례

사람의 가을

예전에는
너에게로 가는 길이
급하고 어지러웠으나
이제 나는
더디게 갈 수 있고
또한 편하게 갈 수 있다.

낙엽마저 다 떨쳐버리고
흔들려 쓰러지지 않는
덩치 큰 나뭇등걸로 남아
하늘을 향해
몸 하나로 버틸
아름다운 가난이 있으니

비워서 가볍게
너에게로 간다.

아우라지 강은 두 갈래로 흐른다

가끔은 만나지 않는 것이
더 좋을 때가 있다.

가끔은 섞이지 않고
제각각으로 키 크는 것이
더 좋을 때가 있듯이
서로 닮지 않고 자라는 것이
더 좋을 때가 있듯이

가끔은 자신을 지켜서
남에게 사랑이 되기도 한다.

아우라지 강은
섞이지 않고
제각각으로 흘러
두 갈래가
하나의 아름다운 강이 된다.

콩나물은 서서 키가 큰다

콩나물이 그렇다.
대개 머리가 위로 올라가면서
키 크는 것과 달리
발이 뻗으며
키가 큰다.

하늘을 넘보지 않고도
할 일을 다 하는 셈이다.

단순하고 기쁘게 살아가는 법을 깨친
수도승처럼
담담하고 단호하게
발을 뻗는다.

콩나물은 서서 키가 큰다.

백비*

죽음에는 변명이 없다.
내 사랑에도
변명은 없다.

그대는 가고
나는
할 말을 잃었다.

사랑한다는 단 한마디로
그대의 죽음을
대신할 수 없다.

그대의 죽음을 대신할
어떤 사랑도 없다.
그대여, 그냥 가라.

바람도 변명이 없다.

---

* 백비(白碑) : 글씨가 새겨져 있지 않은 비석.

흔들림의 美學

사랑은 언제나
흔들림으로 시작된다.

나뭇잎이나 풀잎이
미세한 바람에도
온몸을 떨듯이

거대한 교량은
지나는 차량의 무게에
제 몸을 다 던져 흔들린다.

어찌 흔들림 없이
어지러운 지상에
사랑을 세울 것인가

몇 차례의 흔들림으로
우리의 삶도 깊어가고
흔들림으로 하여
우리의 사랑도
비로소 사랑이 된다.

나의 그림

나의 그림은
백지로부터 시작되지 않는다.
짙은 물감으로 얼룩진
어느 추상화가의 그림보다 더욱 난해한
황칠과도 같은 혼돈에서 시작된다.

나는 지우개로 그림을 그린다.
배열 없이 메워져 있는
혼돈의 껍질을 지워나가며
어떤 알 수 없는 화면의
깊은 곳으로 들어간다.

이 골과 저 산을 지우고
이 사람과 저 사람의
지키지 못한 약속을 지우고
그 언젠가 사람들에게 받았던
상처를 지우고
숱하게 내뱉었던 말들을 지우고

지우고 지우다가 늦은 밤에 이르러

종이는 백지가 되어
내 앞에 무너진다.
나는 비로소
그곳에서 나를 만난다.

나의 상징과
의식(意識)의 수치(數値) 너머로
투명하고 맑은 얼굴의
내가 있다.

풀

억지로는 울지 않는다.

풀은
아무도 보지 않을 때
그때 운다.

바람도 자러 가고
별들 저희끼리 반짝이는 밤에도
풀은 울지 않는다.

풀이 우는 모습을
아무도 보지 못했다.
풀이 우는 소리를
그 누구도 듣지 못했다.

다들 소리 내어 우는 세상에
풀은 가슴으로
뜨겁게 운다.
피보다 더 붉게 운다.

누가
풀의 피를 보았는가
풀이 피로 우는 것을 보았는가

삼각형의 비애

삼각형은 슬프다.
삼각의 맨 끝에
더 갈 데 없이 올라가 있는
깃발의 손톱.
아득하고 죄 없는 슬픔은
서른의 나이에는
내게 없던 죄목이었다.

먼 것은 슬프다.
멀리서 나를 부르는
헛되고 헛되어서 오히려
기쁨이 되는 손짓은
서른의 나이에는
내가 알 바 아니었다.

그러나 어디
혼자가 아닌 것이 있으랴
무리 지어도 저린 외로움
저린 비애는
풀처럼 돋아난다.

이제야 나는 어설프게나마
동이 트는 새벽이 되어
미망(迷妄)에서 깨어난다.

푸른빛은
푸른빛만은 아니다.
벼랑 끝에 서 있는
절대의 공포 속에서도
삼각형은 꿈이다.

삼각형은
그 모서리로 일어선다.
그 자신의 슬픔으로
일어선다.

새는 숲을 바꿀 수 있다

숲은 기억한다.
어젯밤 깃들인 새들이
오늘 아침까지
그냥 잠든 것은 아니란 것을.

새들이 날개를 접고도
그들의 작은 가슴의 온기로
온 세상을 덮어 잠재우는 것을.

숲은 기억한다.
아침이 되어
새들이 햇빛을 물어다
숲을 깨어나게 하는 일을.

어제의 울음이 아니라
오늘은
오늘의 새로운 노래로 우는 것을.

새들이 가지 못하는 곳은 없다.
새들이 생각지 못하는 것은 없다.

새들이 만들지 못하는 것은 없다.
새들이 바꾸지 못하는 것은 없다.

새는 숲을 바꿀 수 있다.

완전한 어둠

어둠 속에서
무슨 적이 있으랴

홍류동 골짜기를 바라보며
어둠을 친견한다.

살아오면서 한번도
어둠을 사랑하지 않았다.

어설픈 빛에 감염된
거짓 어둠 속에서
죄를 짓기도 하고
절망하기도 했지만
한번도
절대의 어둠을 만나지 못했다.
한번도
사랑한 적이 없었다.

홍류동 골짜기
완전한 어둠 속에서

무슨 미움이 있으랴
거짓이 있으랴

귀향

1

아버지
나 돌아왔어요.

어둡고 습기 찬 벼랑을 지나
긴 밤을 돋우어
달려왔어요.

바람이 바람의 집에
돌아가 쉬듯이
오직 한 가지 마음으로
달려왔어요.

하현달 엷어지고
동네 개들 설핏 잠들기 시작하는
새벽녘의 정갈한 흙을 밟으며
엎드려 아프게 살아 있는
풀잎을 밟으며
자꾸자꾸 달려왔어요.

텅 비어버린
도시의 밤을 뒤로하고
중년이 된 여식은 이제야
흙의 더운 숨소리에 가슴을 묻으려
못내 못내 돌아왔어요.

밤을 새운 사람들이
이제 막 잠을 청하기 시작하는
어스름 새벽녘,
당신이 누워 계시는
그 하늘과 땅을 바라고
중년의 여식은
맨발로 새벽을 차며
쉼 없이 달려왔어요.

동네 어귀에 서 있는 플라타너스
한껏 물을 올려
잎새를 키워내고
새들이 이제 막 잠에서 깨어나
하루의 먹이를 찾아

정직하게 울기 시작하는
차마 그립던 곳으로
이제야 돌아왔어요.

2

긴 시간 타향에서
나를 소모하는 일에 매달려
나는 자꾸 없어지고
뼈만 남은 이름 석 자론
항상 허기졌어요.

그랬어요, 아버지
그랬다고요.
내 몫의 무게에도 넘어져
막막했어요.

때로는 어둠의 힘이
나를 지탱하는 듯했지만

시간이 지나면서 어둠은
나의 목을 조여와
나는 질식하고
자꾸 질식하고 말았어요.

삶의 살아 있는 곳으로
깊이의 깊은 곳으로
그곳으로 가는 길을 잃어버리고
사방을 막막하게 헤매고 다녔어요.

허망하게 텅 빈 가슴에
한 가락 노래처럼
아버지, 당신의 숨소리가
그리웠어요.

아버지
나 돌아왔어요.

모든 살아 있는 것들이
흙으로 돌아가듯이

흙의 속살을
밟으며 왔어요.

마지막의 마지막에
결국에는 돌아가야 할
바로 그 흙의 집으로.

3

아버지
어디 가셨나요.

한잔의 술보다 더 진하게
슬픔을 마셔도
슬픔은 녹지 않고
슬픔의 잎들이 한 잎 두 잎
가지를 치고
창가에는
너무 늦어버린 계절이

서성대고 있어요.

길게 누우신 아랫목엔
정성으로 키우시던
석란이 흰 꽃을 피우고
그 향기에 매달려
당신의 일상이 이제 막
잠들기 시작했어요.

가벼워지실 대로 가벼워진
당신의 몸은
다 털어 비어버린
허공의 가슴에 매달려
그 무게를 덜어내고
지나온 나날들이
거꾸로 돌아가는 영사기에 얹혀
하나씩 하나씩
뒷걸음치고 있어요.

양복과 시계와 돋보기안경과

유성기에서 흘러나오는
낡은 노랫가락과 그리고
당신의 유년 시절이
저만치에서 걸어가고 있어요.

석양을 뒤로하고
소 몰고 오는 소년의 몸에서는
풀 향기가 묻어나오고
멀미 같은 아지랑이가
도란도란 피어나고 있어요.

하늘이 담긴 청년의 눈빛과
세상을 짊어진 중년의 어깨,
바람을 움직이는 노년의 지혜가
한 마당 춤판으로 돌아가고 있어요.
그리고 이제
다시 올 수 없는 먼 곳으로
모두 사라졌어요.

당신은 떠나가고

이제야 돌아온 여식의 가슴은
오히려 편안한 잠에 기대어
당신이 키우시던
석란의 향기로 남아
오래오래
살아 있을 거예요.

아버지
나 돌아왔어요.

차를 마시며

박제된 새가 되지 않기 위하여
우리는 차를 마신다.

부딪혀 긁혀 상처가 된 시간들이
삭혀 꽃이 되기도 하고
허기진 영혼에는 온기가 되어
온몸은 향기가 된다.

숨을 쉬면서도 생각을 하듯이
나누어 마시면
더 높은 향기가 되는
이상한 수법(數法)을 터득하는 데
수십 년이 걸리기도 한다.

절망의 노래 1

절망하리라
절망의 늪으로
깊이 깊이 침잠하리라

大魚를 낚은 어부와 같이
내 몫의 혼돈을 낚아
침잠하는 영혼의 무게에
또 하나의 추를 보태리라

아침 햇살 사이로
증발하는 안개와 같이
그 무서운 솟구침으로
절망의 늪을 찾아가리라

절망의 깊은 곳으로
더 깊이 들어가
기어이 한줄기의
빛을 건지리라

절망의 노래 2

절망도 강물과 같아서
흐르고 흘러
언젠가는 바다에 당도하리라

그 깊은 바다에 흘러가
이윽고
바다의 집에 당도하리라

비바람에 할퀴어 오히려
모양 좋은 돌이 되듯이
내 한숨도 씻기고 씻기어
이윽고
소리 고운 노래가 되리라

상처는 밥이다

상처는 밥이다.
나는 상처를 먹고
살이 올랐다.

상처가 깊을수록
상처를 밀치고 일어나는 힘
힘이 솟는다.
상처는 힘을 키운다.

상처는 약이다.
상처로 인해 나는
살아 있음을 확인하고
상처받음으로
나를 위로할 수 있다.

상처는 약이다. 힘이다. 밥이다.

비상구로 가는 길

비상구로 가는 길은
위급한 상황이 되어
잠시 아찔한
탈이성(脫理性)의 경지에서만
찾아낼 수 있다.

내가 잠시
잘난 체하던 나를 버리고
또는 욕망에 갇혀 있던 세상을 떠나와
아무런 작정이 없이
무위(無爲)의 사람이 되었을 때
무위(無爲)의 사랑에 눈을 떴을 때
그때
비상구로 가는 길이 보인다.

하느님의 통금

가끔 하느님도 통금에 걸려
해야 할 일을
못하실 때가 있다.

통금의 사이렌이 울리면서 시작되는
캄캄한 절망 속에서
하느님은 넘어지시기도 하고
아수라장이 되어버린 세상에
멀미를 일으키시기도 한다.

벌써부터 우리들의 통금은 해제되었지만
우리들의 발을 옥죄는
거미줄같이 끈끈한 줄은
도처에 우리들의 발걸음을 결박해 놓았다.

보이지 않는 결박을 푸는 것도
하느님의 몫이지만
하느님도 통금에 걸려
오늘 하실 일을
내일로 미루시기도 한다.

사랑이 길을 잃은 적은 없다

밤눈이 어두운 나를 위해
사랑은 등불을 켠다.

다만 나의 어둠을 밝혀주기 위해
멀리서 등불로 왔다.

험한 길이거나
어두운 밤이거나
사랑이 길을 잃은 적은 없다.

한 사람의 하룻밤을 위해
먼 곳, 험한 길에도
사랑은 등불을 켜고 온다.

사랑이 길을 잃은 적은 없다.

사랑

밤이 너무 깊어
잠을 이룰 수 없듯이
그대를 너무 깊이 사랑하여
감당치 못하네

밤이 더 깊어져
그리하여
스스로 제 무게로 인하여
또 하나의 위대한 아침을
만들어내듯이
내 사랑도 스스로 더 깊이 익어
최고의 기쁨이 될 것이다.

밤 스스로가 밤이듯이
내 사랑도 스스로 사랑일 뿐이다.

가을

바위도 바람을 사랑하여
가을이 되면
여위어간다.

사랑하면서 배우게 되는
황홀한 절망에
온몸이 젖는다.

바람도 바위를 사랑하면서부터
가벼워진다.
바람의 은밀한 가벼움
가볍게 빛나는 바람의 한숨

바위와 바람의 사랑으로 인해
세상의 가을이 깊어간다.

얼룩

얼룩은 꽃이다.
꽃보다 더 역사이며
꽃보다 더 꽃이다.

꽃보다 더 사랑이며
꽃보다 더 그리움인 얼룩은
꽃의 어머니이다.

꽃이 화려한 색채를 자랑하고
갈채에 눈멀어 있을 때
그리하여 그 이름을 뽐내고 있을 때
묵묵히 그 자리를 지킨 것도
얼룩이었다.

얼룩은 꽃이다
꽃의 현장이다.

마지막 더위

아직 덜 여문 열매들이
알차게 자신을 다질 시간이 필요해
하늘은 여름의 마지막에
햇살의 강도를 높인다.

이별을 앞둔 내 사랑도
늦더위처럼 멍징하고 안타깝다.
서늘한 가을날의 이별을 위하여
또 다른 어느 날의 만남을 위하여
늦더위를 인내한 이별은
뜨겁고 말이 없다.

흔적으로

—감은사의 터

그대의 흔적이
나를 불타게 하네.

이천 년 전
잠시 사랑했던 인연으로
감포 바닷가에서 불어오는 바람과
감은사 남은 터의 풀꽃이 되어
바로 지금 이 순간에
만나게 되었네.

그대가 남긴
한두 마디의 뼈가
나의 뼈 속에 녹아드네.

그대의 흔적이
나를 불타게 하네.

남대문 새벽 시장

남대문 새벽 시장에 가보라
우리들 고단한 삶이
새가 되어 날아다니는
저마다 하나씩 꽃 등불을 들고
이리저리 뛰어다니는
사람들의 동네

손과 손
발과 발
얼굴과 얼굴이 만나
부딪히고 깨어지면서
한 마당 춤판으로 일어나는 터

작은 다툼이 있다 한들
잔치에 날아드는 돌멩이는 되지 못한다.
약간의 농간에도
가면의 속임수에도
미소를 던지면서
마음껏 기웃거려도 좋은
하늘 아래서 가장

사람 사는 동네

그러나 삶은 또한
춤이 되지 못한다.
비린내와 흙탕물에 담겨
질척이며 허우적대기도 하는 것을

또한 그것이
가장 순하고 큰 힘인 것을
고개 끄덕이며
남대문 새벽 시장에서 배운다.

오늘도
남대문 시장에는
새벽이 온다.

황진이

1

조선의 남자는
모두
그녀로부터 태어났다.

사랑도 그녀로부터 비로소
시작된다.

아무도 그녀를 막아서서
해를 가릴 수는 없다.

오늘
나에게도 흐르고 있는
그녀의 눈물과 피

2

춤을 추랴

어디 만만한 들판이나
사랑채 마당에서라도

대대로 내려온 장단에 맞춰
죽어도 버릴 수 없는
신명에 맞춰

3

오늘 황진이를 보았다.

골목길을 막 돌아가는
빨간 댕기

쨍그랑
하늘 한 조각

4

내 언제
산을 불러왔더냐
바람을 불러왔더냐

나는 그저
조선의 아낙

산은 산대로
바람 또한 제대로 불어
내가 바꾼 것은
아무것도 없다.

5

아무래도 버릴 수가 없다
이 활활한 기운을

밤하늘을 치솟는 불기둥과
새벽바람을 누르는 얼음 서리

6

그녀는 안다.

봄이 오면
가장 화사하게 떨어져 죽어가는
낙화의 분분한 슬픔을.

가장 아름다운 것이
가장 슬프게 죽어가는 것을.

또한 슬픔은
아무에게나 찾아오는 것이
아니라는 것을.

바람같이

바람도 자신의 방향을
제어하면서 달린다.

가끔은 이성을 잃고
울부짖기도 하지만
봄과 가을의 꽃향기에
가슴을 적시기도 한다.

포레스트 검프의 운동화 옆에
살짝 떨어진 깃털 하나에도
바람이 그냥 불어만 가는 것이
아니라는 이야기가 묻어 있다.

오늘 내가 폭풍으로 설레는
이 마음을 잠재워
꽃향기로 날려버릴 수 있다면
나도 바람의 자식쯤은
될 수 있을 것이다.

바람이 바람으로부터 깨어나
바람 자신의 힘으로만이
잠잘 수 있다는 것을
바람이 지나간 비인 벌판에 서서
알게 된다.

바다 일기

1

바다는 싸우고 있을까, 지금
서툴고 미련한 몸뚱이로
버틸 만큼 버티고 있을까

바다는 싸우면서 기뻐할까
끊임없이 뒤척이면서 아마
기뻐할까
설레면서 자꾸자꾸
다시 태어날까
태어나면서 행복할까

바다는 지금 싸우고 있을까, 아니면
싸우다 지쳐 쓰러져 있을까
밤이 할퀴는 대로
그의 달콤한 상처가 되었다가
다 찢기고 발겨진 뼈만 남아
비틀거리고 있을까
비틀거리는 천식 기침 소리로

버티고 있을까
버티면서 행복할까

2

예사롭지 않다.

간밤에 바다가 싸우러 가고
남아 있는 것은
소금기에 전
멀건 허공뿐이었다.

뜬눈으로 밤을 새운
바람의 허연 살점이었다.

가진 것 없는 자가
몸 하나로 버티듯
바다보다 더 큰
달 하나 떠 있다.

3

바다는 돌아오지 않았다.
예감보다 더 빠른 속도로 가버렸고
이제는 도무지 돌아오지 않는다.
바다의 껍질이 남아
빈 바다를 지키고 있다.

돌아오지 않는 바다를 위해
새로운 바다가 생기고
상처는 다시 기쁨이 되어
바다로 돌아간다.

바다의 남쪽도 바다이다.
바다의 북쪽도 바다이다.
바다가 싸우는 곳도 바다이다.
바다가 싸우는 상대도 바다이다.

밤이 가면
또 하나의 밤이 오듯이

바다의 자식은
바다를 낳고
또한 바다에 묻힌다.
깊이깊이
바다에 묻힌다.

길

바람도 가끔은
가고 싶지 않은 곳은
지나쳐 가기도 한다.

몸담고 싶지 않은 곳이
더러 널려 있어서
바람의 할 일이 많아진다.

그러나 눈여겨보면
바람의 나이가 많아질수록
갑자기 비를 뿌리기도 하고
햇살을 풀어내기도 하는
알 수 없는 일정에 의해
가고 싶은 곳을
가지 못하는 일이
더 많기도 하다.

갈 수 없는 곳과
가지 않는 곳은
우리들 일상의 바람이 되어

이 구렁 저 구렁을
지나치기도 하고
돌아가기도 하면서
또 하나의 길이 된다.

가을 노래

오래 기다린 者만이
그 사람을 만날 수 있어
전설의 강에 닿을 수 있어

나는 아네
그대 눈동자
가을만큼 깊어지면
눈물보다 더 긴 강을
만날 수 있어

가슴에 사랑 하나 품고
따스하게 데우노라면
어느새 그 강에 닿을 수 있어
그 사람 음성 들을 수 있어

그대 눈동자
가을바람에 깊어가고
강물도 깊어가고……

나는 아네

오래 기다린 者만이
그 사람을 만날 수 있어
전설의 강에 닿을 수 있어

막차

지금 남겨진 말들로 해서
다시 그를 찾지는
않을 것이다.

오고 가는 것으로
우리들의 거리가
좁혀진다거나 또한
멀어지는 것은 아니다.

다시 돌아오지 못하는 곳을 향하여
어둠을 껴안고
달려가든 아니든
거기가 어느 땅일까

그러나, 나는 간다.
버려진 말들이 뒹굴고
버려진 사랑이
지천으로 널려 헝클어진
도시의 밤을 뒤로하고
돌아오지 못하는 그 새벽까지

달려간다.
오직 하나의 밤을
부둥켜안고.

나는 나를 버릴 수가 없다.

전주(全州)에게

네 이름은
은근하고 거룩하여
아침 햇살이 아직 익지 않은 시간에
조용히 불러야 하나 보다

아니면
바람이 스며들기 시작하는
5월의 저녁 창가에서
너를 불러도 좋겠구나

몇몇의 내 친구들
참 많이 살았고
정읍이나
남원이나
각각의 색깔로 아리따운 고장으로
언제나 달려갈 수 있는
사방 풍광이 열려 있는 곳

수줍음인 듯
그리움인 듯

너 아직 숨어 있어
약간은 부끄럽게 설레는 자태
그러나 당당함으로 서 있는
네 이름을 부른다.

백 평의 꽃밭

돌아가 고향 마을의 이장이 될
꿈을 가진 공무원이 있다.

나라 살림 궂은일 틈에도
어린 시절
흰 눈이 사각거리는 소리와
초가지붕 짚풀을 타고
봄비가 삭혀 떨어지는
낙수의 부드러움을 생각하는,
산자락을 타고 낮게 내려앉는
칠흑의 어두움과도 만났던.

참 복 많은 사람이라고 생각했다.
나도 세사의 계산으로는 셈할 수 없는
어린 시절 받은
복에 넘치는 재산이 있다.

지금은 내 마음속에만 남아 있지만
아무도 앗아갈 수 없는
백 평의 꽃밭.

철 따라 채송화, 봉숭아, 분꽃, 나팔꽃이
아무것도 아닌 듯
소리 없이 피고는 지는

피어서 뽐내지 않고
지면서 슬퍼하지 않는.

채플린을 위하여

1

채플린을 보고 돌아오는
밤길에
눈이 내린다.
눈보다 더 투명한
채플린의 목소리.

무성 영화의 깊은 함성에
몸짓으로 울부짖는
은둔의 철학에
잠시나마 나는
미쳐야 할 것 같다.

2

채플린은 운다.
아무도 그 소리를
듣지 못하는 까닭에

채플린은 마음 놓고 울 수가 있다.

그는 웃음으로
울며 울며
길을 떠난다.
누구에겐들
길 떠나는 자유쯤 없겠는가

채플린의 길은
가시덤불의 길이다.
그리고 또한 자유다.

채플린은 웃는다.
그의 자유는
옷을 말끔히 갈아입고
웃음의 공식을 길어간다.

이 시대를 지키는
흑백의 자유주의자

3

오늘 어디에도
채플린은 없다.
거리에도
풀밭에도
공장에도
감옥에도
채플린의 웃음이 없다.

채플린이
다시 웃게 하자.
다시 울게 하자.
어디에서도 살아서
울고 웃게 하자.

사랑법

── 제주도 돌담*

사랑도 지혜로워야 한다면
제주도 돌담이
천 년을 지켜온 사랑법을
배워야 하겠네.

바람을 사랑하는 법을
일찍이 깨친 제주도 돌담은
바람을 품었다가도
보내주는 법을 알았다 하네

떠나는 바람을 가로막지 않고
돌 틈으로 넌지시
보내는 것이라 하네

---

* 제주도 돌담은 돌과 돌 사이를 메우지 않고 바람이 통하게 쌓은 것
이 특징이다.

행복한 이별

돌아서서
등을 기대는
또 다른 따뜻함으로
이별은 때로
행복을 가져다준다.

사랑했던 무게로 인해
지렛대는 다시
되돌아오기도 하지만
그대로 돌아서 있는다 해도
변하지 않는 것은
이미 있었던
사랑의 역사다.

이별도 사랑의 몫이다.
사랑을 간직하는 만큼
행복할 수 있다.

음(音)

그대가 울고 있다.
나의 몸으로

벗겨지지 않는 갑옷 같은 운명으로

그대는
나를 운다.

터

나에게 사랑이 남아 있다면
내 마음속에 자리 잡은
아직도 너의 터가 있음이다.

자리 잡음도
비어 있음도
다만 너의 터에서 이루어진
찰나이거나
역사일 뿐이다.

살아 있는 동안
우리들 마음속에
얼마나 많은 터를
가질 수 있는가

광활한 텃밭에
우리들의 사랑을 파종하기에
아직 시간은 있다.

우리들의 터가 남아 있다면

사랑할 시간은
아직 많이 남아 있다.

초대

내 옷은 너무 낡아
추위를 막아주지 못하고
한 줌의 바람이나
한 뼘의 햇빛에도
속살이 드러나
그대의 잔치에 가지 못했네

그대는 내게
너무 눈부신 이름이어서
색동옷 치장으로 가고 싶어
내 낡은 옷은
늘 부끄러움이었네.

그때는 몰랐었네
그대의 눈부신 이름에는
오히려 내 낡은 옷이 짝이 되어
그대의 눈부신 가벼움을
막아주는 것을.

그때는 몰랐었네.

이별

처음 그대를 만났을 때
나는 세상을 얻었습니다.

세상의 모든 아름다움,
모든 즐거움을 얻었습니다.

어느 날 그대가 떠나버렸을 때
나는 세상을
다 빼앗긴 사람이었습니다.

그러나
한 가지
세상 밖의 일을 얻었습니다.

분수

네게 무너진다.
오늘에야 비로소
사랑하는 법을
알게 되었다.

손도 발도 없이
네게로 간다.
무너지면서
기어이 간다.

서툴고 서둘렀던 어제의 기억과
덕지덕지 가식의 누더기
벗어던지고
벌거숭이 맨몸으로 부서진다.

나를 버리며
비로소 너의 여자가 된다.
네게서
다시 태어난다.

추억

문을 열면
아직도 네가 있다.

내가 가는 길의 끝에도
너의 길은 끝나지 않는다.

꽃샘바람에도
꽃대에 꽃잎 하나
기어이 남아 있듯이

내가 가는 길에
너는 언제나
있다.

그대 집 앞에서

오늘 그대 집 앞에서
철새처럼 서성이면서도
나는 기쁨이다.

그대의 주소에는
나를 위한 문패는 없고
언제나처럼 서성이는
그림자 하나

그대의 둘레를 맴도는 나의 노래는
첫 소절부터
서툴고 목이 마르다.

그대와 헤어져 돌아오면서도
나의 영혼은
뒤돌아서 그대에게로 간다.
나에게는
그대에게 가는 길뿐이다.

언제나 당도하는 그대의 집

오늘은 빗속에
외등 하나 외롭게 서 있다.

그대에게 가는 길 1

늘 마음이 바쁘고
뜀박질로 가는 길이나
어렸을 적 외갓집 가는 길처럼
정겹고 따뜻한 길

꽃길만은 아니다
가끔은 가파르기가
설악산 등반길에서 미끄러졌던
천불동 계곡만큼
숨어서 비탈진 길

한번 발을 헛디디면
천 길 낭떠러지도 되는 길

번번이 다치면서도
가고 싶은 길

그대에게 가는 길 2

그대에게 가는 길은 멀지만
언제나 첫걸음으로 설렌다.

평탄하고 탁 트인 길이 아니라
지도에도 구부러져 있어
잠시 방심하면
넘어지기도 하고
발부리를 다치기도 한다.

안개 짙은 날에는 보이지도 않아
잠시 쉬어가야 하지만
머물러 생각하는 시간도
소중하고 향기로워
그대에게 가는 길은
언제나 설레임이다.

채 다다르지 못하고
길이 끝나버려도
그대에게 가는 내 마음은
끝이 없다.

뗏목*

내 그대를 사랑했음을
잊어버려야겠네.

이제 강을 건넜으니
떼를 버려야겠네.

내 그대의 사랑을 얻었으니
내가 준 사랑을 잊어야겠네.

내 절망과도 같은 절박한 이름으로
그대를 사랑했음을
그 '사랑했음'을 잊어야겠네.

이제 강을 건넜으니
떼를 버려야겠네.

---

* 『아함경(阿含經)』에서 뗏목의 비유를 따옴.

몸

몸이 온다.
가볍고 소리 없이

세상의 번다한 것 다 버리고
몸만으로 온다.

몸으로 무너지는 것도
몸의 기쁨이다.

친견 (親見)

―큰스님 열반하신 날

늘 사무치게 그리던 그대를
마주치는 것조차 불경(不敬)이 될까
하루 이틀 미루어
오늘에 이르렀습니다.

차마 그리던 사람
오늘은 저세상으로 가시고
빈 껍질로 남아
저무는 해를 바라봅니다.

한번도 만나지 못한 그대를
만나지 못한 채로
그대를 진정으로 사모한 일만이
더욱 사무칠 뿐입니다.

그러나
오늘에야 비로소
그대의 참 자유를 만나
나의 자유도 얻었습니다.

오늘에야 비로소
그대를 친견하였습니다.

황홀한 버림

물이 자라는 것을 보았는가
흐르면서 자라는.

흘려버려서
결코 넘치지 않는.

내 사랑도
버려서 넘치지 않고

무너지는 남자

무너지는 한 남자를 본다.
겨울 눈 녹아
질척이는 길바닥에
흐느적거리며 무너지는
무용지물의 얼굴을 본다.

언제였던가, 그때는
잘 다려 입은 와이셔츠 칼라 깃이
빳빳하게 날이 서기도 했지만
한차례 세찬 바람에
구겨질 대로 구겨진 황당한 패배,
어이없는 굴욕을 등에 업고
이제 저잣거리에 서서
이 여자, 저 여자를
동냥하는 모습이라니

위기의 남자

못 볼 것을 보았다.
갈 곳 없는
저 男子

당당한 어깨와
경쾌한 걸음걸이에
어디 허튼 바람 한 점
스며들 틈새가 있었던가

저 男子, 새파랗던 눈
다 어디 사라지고
높다란 벼랑 끝에 서서
발아래 강물과 막막한 하늘을
번갈아 쳐다보면서
가슴을 치는 한 마리
벌거벗은 사내로 서서

이제 어디로 가나
저 男子, 어디로 가나

뛰어가는 남자

어디로 가는지 모르는 사내들이
한 무리 떼 지어 지나간다.

아침부터 밤까지
뛰어간다.

결국엔 되돌아오는 길을
앞 다투어 뛰어간다.

길옆에는 언제나
또 다른 길이 있지만
뛰어가는 남자에게는
보이지 않는다.

맑은 가을 하늘엔
흰 구름이 휘파람으로 흐르고
남자들이 떼 지어
하루살이로 뛰어간다.

그 남자, 마술사

꼭 그 사람 입속에서
비둘기가 나오는 줄 알았다.

꼭 그 사람 눈 속에서
꽃이 피는 줄 알았다.

감춰진 상자 속에
비둘기가 있고
소매 속에 꽃이 숨겨진 줄
까맣게 몰랐다.

이런 실수가 있나
어느 날 나는
그 비밀을 알고 말았다.

그때부터
나의 불행이 시작되었다.

그때부터
내 마음속에서
남자가 사라져버렸다.

착한 남자

착한 남자는
모든 남자를 이긴다.

착한 남자는
모든 여자를 이긴다.

착한 남자는
세상을 이긴다.

고향의 남자

눈빛만 보아도
그래 그래
다 아는

내 고향 구덕산 같은,
높지도 낮지도 않아
등반길이 쉽고도 편안한 산.
있는 듯 없는 듯
남아 있는 남자

기쁨과 슬픔을 잘 삭혀서
묵은 항아리에 켜켜 담아
흙 속에 따습게 파묻어 두고
날마다 살펴주는 남자

함께 있지 않아도
나와
함께 살아가는 남자.

멀리서도

내 안부를 아는
고향의 남자

유리로 된 남자

그대는
내가 안으려 하면
부서진다.

어리석고 무모한
이 단순한 동작으로
그대는 부서진다.
부서져 칼이 된다.

사랑이란 이름의 흉기로
나는 상처 입는다.

상처가 커질수록
사랑이 깊어가는 것은 아니다.
사랑도 잘게 부서져
형체를 버린다.

절대불가침 지역을 갖고 있는
유리로 된 남자

노래하는 남자 1

내 잠시
그대의 영혼을 빌려
살아야겠네.

먹어도 배부르지 않는
세상의 양식에
이젠 굶주리고 말았다.

겨자씨같이 작은
그대의 영혼에 기대어
수확을 거두는 농부와 같이
넉넉한 기쁨을 보네.

고마워라
세상 밖의 일
그가 노래하네.

노래하는 남자 2

선술집 그 남자는
노래를 한다.
걸쭉한 육자배기에
그의 인생이 실려

술잔을 비우듯이
노래도 비워내면
세상이 가벼워진다.

가끔은 하늘에 닿기도 하는
가끔은 독이 되어, 꽃이 되어
내 가슴에 꽂히기도 하는
그의 노래는
바람의 핏줄을 타고
허공에 있다.

남자의 지도

공간이 자유로워
경계선을 한정 지을 수 없는
지도가 있다.

하루를 걸어도
닿을 수 없기도 하고
까치발로 서야
겨우 자리를 만들 수 있기도 하다.

가볍게 날아
하늘을 품을 수도 있지만
그 가벼움으로 인해
땅에 떨어지기도 한다.

내 안에 갇힌 남자

한번도 그에게
날개를 달아주지 않았다.

날개를 달고
하늘 끝까지 날아가버릴 것 같아
언제나 나의 손이 닿는 곳에
그가 있어야 했다.

새장이 좁을수록
더 따뜻할 것이라 생각했지만
그는 공간을 넓히려
몸을 줄였다.

그의 시야에
내 모습만 있어야 했지만
시력은 더 나빠져
나마저도 볼 수 없게 되었다.

그는 끝내 날지 못했고
나의 유일한 새도 되지 못했다.

낙법(落法)

남자의 일 중에서
또 한 가지 거룩한 일은
낙법을 익히는 일이다.

잘 떨어지는 일이
올라가는 일보다 더 조심스러워
높은 곳에 있을수록
부드럽게 잘 떨어지는 법을
익혀야 한다.

여백의 아름다운 긴장감으로
낮게 더 낮게 내려앉아

감나무에 남아 있는
한 알의 겨울 감처럼
제 몸을 비워
사뿐히 내려앉는 이치를
익히는 일이다.

사람의 가을

1판 1쇄 찍음 2003년 2월 14일
1판 1쇄 펴냄 2003년 2월 21일

지은이 김성옥
펴낸이 박맹호
펴낸곳 (주) 민음사

출판등록 1966. 5. 19. 제16-490호
서울시 강남구 신사동 506번지 강남출판문화센터 5층 (우)135-887
대표전화 515-2000 / 팩시밀리 515-2007
www.minumsa.com

값 6,000원

ISBN 89-374-0669-1   03810